NO INSTANTE DO CÉU

No instante do céu

Renato Tardivo

Copyright © 2020 Renato Tardivo
No instante do céu © Editora Reformatório

Editor
Marcelo Nocelli

Revisão
Marcelo Nocelli
Eliéser Baco (EM Comunicação)

Imagem de capa
Hadel Productions (iStockphoto)

Design e editoração eletrônica
Negrito Produção Editorial

Dados Internacionais de Catalogação na Publicação (CIP)
Bibliotecária Juliana Farias Motta (CRB 7-5880)

Tardivo, Renato, 1980-
    No instante do céu / Renato Tardivo. – São Paulo: Reformatório, 2020.
    152 p.; 14 x 21 cm.

    ISBN 978-65-88091-08-1

    1. Romance brasileiro. I. Título.
T183n   CDD B869.3

Índice para catálogo sistemático:
1. Romance brasileiro

Todos os direitos desta edição reservados à:

EDITORA REFORMATÓRIO
www.reformatorio.com.br

Para Juliana

Para João

Nesta reconstituição de fatos velhos, neste esmiuçamento, exponho o que notei, o que julgo ter notado. Outros devem possuir lembranças diversas. Não as contesto, mas espero que não recusem as minhas: conjugam-se, completam-se e me dão hoje impressão de realidade.

GRACILIANO RAMOS, *Memórias do cárcere*

É que, quando amávamos, eu não sabia que o amor estava acontecendo muito mais exatamente quando não havia o que chamávamos de amor.

CLARICE LISPECTOR, *A paixão segundo G.H.*

É preciso nomear as coisas para que elas se fixem no tempo, portanto, e possam morrer como o que foram de fato para que daí nasça algo igualmente verdadeiro.

MICHEL LAUB, *O tribunal da quinta-feira*

PARA escrever o começo, há que ter vivido o fim. Quando meu filho completou um ano, eu quis escrever o roteiro de um documentário sobre os impactos de sua chegada na família. Havia pensado na trilha, criava sequências entre as entrevistas, elegia temas para investigar. Imaginava a fotografia, as partes das casas que poderiam ser aproveitadas como cenário, a ordem dos depoimentos. Conseguia antever falas dos entrevistados, trejeitos, pausas emocionadas. Havia até decidido como seria a última cena: câmera estática de frente para o mar; eu, Beatriz e nosso filho – que ainda não teria aparecido no filme – surgiríamos correndo e brincando na praia até darmos as mãos e completarmos uma ciranda; tocaria "Redescobrir", do Gonzaguinha, mas na voz de Elis Regina. No plano final, apenas o mar.

Quase dez anos depois do projeto do documentário, mostrei à Beatriz as primeiras páginas do que eu esperava ser o meu primeiro romance. Trata-se de um texto cujo protagonista revisita a sua adolescência. Já havia algum tempo, eu nutria a vontade de escrever um romance, mas nunca conseguia – o texto sempre acabava em conto. Bia gostou do que leu. Disse que eu estava no caminho: transformar meus fantasmas em ficção, sem medo de que confundissem o personagem com o autor. E me deu sugestões importantes. Para ela, eu precisava ter clareza de onde o personagem, agora narrador, estaria no presente. (E se ele não estiver mais lá, no instante do céu?, eu pensei, me lembrando de uma conversa que tivemos no começo do namoro. Mas não disse nada.)

Acontece que esse breve diálogo reavivou a vontade de escrever o roteiro do documentário sobre a chegada do nosso filho, e despertou também a lembrança do dia em que nos casamos. Boa parte das pessoas que eu pensava em entrevistar para o documentário estava no altar, em semicírculo. Nosso menino, que tinha três anos, estava na primeira fileira. Eu contemplava Bia percorrer o semicírculo com o vestido branco e esvoaçante e, de rabo de olho, via o nosso filho, que parecia testemunhar o evento mais importante da sua vida. A música que tocou nesse momento foi "Redescobrir", a mesma que encerraria o documentário.

No fim da festa, chamei meus pais, separados havia cerca de dez anos, reunindo-os com meu abraço e meu pranto. Eu dizia que faria dar certo. Que, na minha vez, daria certo. Meu pai disse que me ressarciria a hora adicional que tive de pagar ao *buffet* (e não ressarciu). Minha mãe disse que eu amava Beatriz e era isso o que importava. E eu confessei que talvez não soubesse amar ninguém.

No dia do meu casamento, eu disse aos meus pais que não sabia amar ninguém!

Eles recuaram. O menino bebeu demais.

DIANTE do espelho, você se imagina contemplando uma fotografia. E a fotografia do seu rosto imóvel condensa essas e outras lembranças que insistem em assombrá--lo, roubando-lhe o passado. Esta é a condição para ver e ser visto: jamais poderemos ver aquilo que somos. O que somos já não é. Grafia da saudade. Mas saudade de quê? A pergunta, ingênua, guarda uma porção de armadilhas, e é a arritmia da máquina de lavar roupa, o cheiro do arroz refogando no alho, o vento na árvore da praça, as músicas que a tia Sebá cantarola, um disco riscado na vitrola, a água fervendo na chaleira, mas poderia ser também o seu mau humor, a pilha de livros da escola, os exercícios de física, as aulas de inglês, os dias que nunca terminam, uma engrenagem que bem ou mal não deixa de funcionar, um coração que (você pensa) baterá para sempre, e você retorna ao pulsar da máquina de lavar roupa, e retorna ainda a muitos sons, imagens, cheiros, sabores, texturas, e descobre que não *se volta no tempo, é o tempo que vem em nosso encalço, e as lembranças são instantâneos – fotografias dos antepassados a nos assombrar: "Voltaremos".*

WHATSAPP

Para
+55 11 09061-4925

Amei que vc veio dormir abraçadinho cmg de novo Edu. Parece q vc adivinhou o qto eu tava precisando do seu abraço. Vc teve aquele pesadelo outra vez? Me conta como era?

Eu atravessava o luto do fim de um primeiro relacionamento sério. Do primeiro sexo com amor. Já havia passado por diferentes fases: chorar em momentos imprevistos, tomar os primeiros calmantes, sair com outras meninas. E, sem que soubesse, naquele dia eu começava uma fase ainda diferente.

Fui ao aniversário de um amigo que morava no prédio de uma grande amiga da minha ex-namorada. Era inevitável que eu pensasse nela, e certa melancolia me atravessasse. Mas eu me sentia bem. E foi com essa sensação que, carregando uma caixa de cerveja, dei de cara com a tal amiga, que falava ao telefone, debruçada à janela do seu apartamento, de frente para a portaria. Ao me ver, ela reagiu como se estivesse diante de uma assombração. Não custei a perceber que ela não apenas falava ao telefone com minha ex, como também que falavam de mim.

Entrei no apartamento do meu amigo carregando um passado do qual queria me libertar, e fui logo guardando as cervejas na geladeira. Ao pisar na sala, dei de cara com Beatriz pela primeira vez. Ela vestia calça jeans velha, camiseta vermelha, all star. Eu a achei insossa. Então, como se respondesse a uma pergunta que não tinha me feito, disse para dentro: não faz o meu tipo.

Um fim de tarde comum. Uma colega de classe faz aniversário. A comemoração será em uma lanchonete perto da sua casa. Sem saber por quê, você não se programou para ir. Não queria. Ou queria? Você tem sete anos, mas é metido a adulto. Conversa com pessoas mais velhas.

A aniversariante tem dois primos na mesma escola, e você sabe disso. Nesse fim de tarde comum, você percebe que a mãe desses meninos, tia da aniversariante, está no pátio à procura dos filhos. Que não encontra. A mãe à procura dos filhos que não encontra é uma cena que o comove. E você se intromete. Sabe onde estão os filhos, sabe que ela é a tia da aniversariante, faz questão de dizer tudo isso e mais um pouco. Por um instante, a mulher se esquece dos filhos e conversa com você. Pergunta se irá ao aniversário. Não. Ela quer saber por quê. Você diz que não há quem o leve. Ela diz que o leva.

Ela encontra os filhos graças à sua ajuda, e o encoraja a ligar para os seus pais de modo a pedir autorização. Você não sabe se é por vergonha de contrariá-la ou por vontade de ir ao aniversário que vai ao telefone público do colégio ligar para a sua mãe, mas ela está ocupada no trabalho, não pode atender. O mesmo ocorre na ligação para o seu pai. Então você telefona para a sua avó. Ela hesita em autorizá-lo, teme passar por cima da filha. Você lança mão da sua retórica e a convence. Irá à festa, enfim, de carona com a tia da aniversariante.

O carro está estacionado a algumas quadras da escola. À medida que se aproximam, você percebe que é um Escort XR3 conversível, o modelo mais caro do país. Como nunca andou em um desses, você fica animado. A mãe dos meninos abre a porta, vocês três sentam no banco de trás, você entre os irmãos, ela se senta no banco do motorista, ninguém no carona.

O filho mais velho estica o braço para fechar a porta. Súbito, um homem entra no carro e, empunhando um revólver, grita ao se sentar no banco do carona: "É um assalto! Anda, dona, dirige. Nós vamos pra bem longe daqui!".

Na primeira vez em que fui à casa de Beatriz, conversamos sobre Chico Buarque. Ela dizia, incomodada, que não suportava todo o frisson em torno dele, supostamente o entendedor da alma feminina. Tudo porque ela me pediu para escolher um cd, e peguei o do Chico com Maria Bethânia – disco que era da mãe de Beatriz, com quem ela morava. Ato contínuo, ela me contou que detestava Maria Bethânia. Minha escolha foi certeira, pensei com ironia.

Depois do aniversário do nosso amigo em comum, eu e Bia nos vimos algumas vezes, apenas de passagem. Mas algo estava acontecendo, e nós sabíamos. As meias arrastão rasgadas, o corpo miúdo, o all star surrado, nada disso me atraía. Havia, no entanto, um olhar de quem viveu coisa demais em pouco tempo; olhar de alguém que demandava cuidado, uma beleza (quase comercial) cuidadosamente dissimulada. Alguns dias depois de nos conhecermos, demos os primeiros beijos.

Então, na semana seguinte, enquanto ouvíamos o disco de Chico Buarque e Maria Bethânia em sua casa, quase transamos. Quase, porque logo Beatriz demonstrou desconforto. Estou menstruada, ela disse, e recuou. Ela vestia uma saia preta de veludo. Fiquei imaginando o contraste do preto com o vermelho.

Bia mudaria de casa no dia seguinte. Havia morado com a mãe desde sempre. Estava cansada. Havia se mudado inúmeras vezes, todas elas com a mãe. De casa, de cidade, de estado. Estavam juntas em São Paulo há cerca de dez anos. Chegara a hora de se mudar sozinha, ou pelo menos sem a mãe, porque ela iria morar com três colegas em uma república universitária.

No momento em que me conhecia, Beatriz deixava para trás o convívio sufocante com a mãe, o que provavelmente não era coincidência.

WHATSAPP

Para
+55 11 09061-4925

Filhão, onde quer q papai estiver, ele sempre te amará mto. Vc eh o ser humano mais bonito e incrível q ele já conheceu. Nunca se esqueça disso. Seja mto feliz, mesmo q houver dor no caminho. Me desculpe, ou se não conseguir me desculpar td bem tb. Saiba que me dói mto td isso e q sou apaixonado por vc. P sempre. E te dou o direito de me odiar, ok? Mtos bjos.

Em uma manhã, ao entrar na cozinha, você encontra sua mãe atemorizada. Tia Sebá diz algo como "sonhar com água é morte, patroa", e, ao vê-lo chegar, faz cara de assombração. Você quer saber o que houve. Sua mãe teve um sonho, só isso. Elas não contam os detalhes. Criam lacunas porque pensam que irão preservá-lo.

Alguns dias depois, você descobre tudo. Seu pai levanta cedo. Sua mãe fica na cama. Mas a mãe que fica na cama é a mesma que desce as escadas para tomar o café da manhã com o marido – quando um casal a detém. Eles vestem preto. O homem é alto e tem o rosto tomado por cicatrizes. Eles lavam a escada. Sua mãe escuta o tilintar da xícara do seu pai na cozinha. A mulher diz: "Nós viemos tratar da sua morte". Sua mãe se apavora. Chama pelo marido. Grita, muda, pelo marido. Vive alguns segundos de desespero, talvez morra um pouco de fato, até acordar, de volta à cama, prestes a morrer.

Você passa boa parte da infância com medo de encontrar o casal funesto. Com medo de que levem sua mãe. Medo do assalto que, anos antes, sofre na saída da escola; assalto que aparentemente não deixa feridos. O ladrão diz à mulher mais de uma vez: "Minha intenção não é machucar as crianças". Você sussurra no ouvido dos outros meninos: "Reza". No fim, depois de rodarem por horas, o assaltante fica com o carro e vocês voltam de táxi para a festa de aniversário, onde são recebidos como heróis e ladrões, porque roubam o protagonismo da aniversariante. Também há prazer em ser vítima.

Mas você sofre pelo assalto que acaba de ocorrer, sofre pelos assaltos que, sem saber, sabe que ainda sofrerá. Na base da dor, você descobre que nós, os vivos, carregamos um pouco de gente morta, e os fantasmas estão sempre à espreita para tratar da nossa morte, tomando de assalto nossa vida.

Eu e Beatriz estávamos deitados naquela que foi a minha primeira cama de casal e seria a última cama da minha vida de solteiro. Cama em que, dali a algumas horas, transaríamos pela primeira vez.

Busquei Beatriz na faculdade e a levei para casa. Ou para a casa da minha mãe, que era onde eu morava. Certamente ela não estava mais menstruada. Nós sabíamos que iríamos transar, era parte do *script*.

O pretexto para o encontro daquela noite era assistir ao filme "Brilho eterno de uma mente sem lembranças", o que fizemos. Havia uma beleza exótica – e trágica – em Beatriz e na protagonista interpretada por Kate Winslet. Todos vamos aprender um dia, dizia a música do filme, uma bonita história sobre as marcas da vida.

Foi nessa atmosfera melancólica e esperançosa que começamos a nos despir. Enquanto a beijava, Beatriz tirou a blusa. Ela estava sem sutiã. "Everybody's got to learn sometime", na voz de Beck, acompanhava os créditos do filme. Os seios pequenos circundados por uma penugem púbere se aproximaram da minha boca. Foi então que percebi: era uma criança diante de mim.

Perdi a ereção.

Mas, passado o constrangimento, me peguei abraçando aquela menina. E, enquanto a segurava firme nos braços, eu não sabia que estava aprendendo uma nova forma de fazer amor.

Quando você chega da escola, seus pais estão almoçando. Tentam conversar com você, que, mal-humorado, não responde. Tia Sebá frita o seu bife.

A casa foi reformada. O carpete velho dá lugar ao piso de ardósia – uma tendência, segundo a arquiteta. Há, também, outra novidade: a tevê a cabo. Em vez apenas dos canais abertos, agora há dezenas, talvez mais de uma centena de canais.

A pele do seu rosto é sem viço, pálida; tomada por acnes, brilha de tanto óleo. Seus olhos estão sempre semicerrados. Você come rápido e pouco. Tia Sebá tira o prato, a essa altura seu pai já voltou para o trabalho e sua mãe está separando as últimas coisas de que precisa antes de sair.

Ao subir para o seu quarto, você ouve a voz de tia Sebá: "Adolescente, patroa, é assim mesmo...". E, como se completasse um diálogo de que não participa, você é tomado por uma lembrança.

Em férias com a família na casa de campo, você vive uma obsessão: gozar. É então que, pela primeira vez, algo diferente acontece. Enquanto fricciona o pau, você é tomado por uma aflição incontrolável, tão intensa que o impede de continuar. Você insiste, persiste, busca chegar ao fim e sente estar próximo. Mas a aflição é insuportável. Você não goza.

Sua entrada na adolescência tem mesmo algo de coito interrompido, ou de punheta que não termina. E, quando terminar, irá esporrar ódio. Você só não sabe ainda.

FOMOS juntos ao bailinho – festa organizada por amigos, com músicas da nossa infância. A proposta era brincar de ser criança, mas a verdade é que, sem saber, brincávamos de ser adultos.

Em determinado momento da brincadeira fui parar em um canto, no meio de uma conversa intensa com Carolina, garota que eu acabara de conhecer. Não sei se foram os olhos verdes e fundos, os seios fartos, o quadril largo, o fato é que algo nela me acompanhava na viagem ao passado. Sentia que voltava à infância na companhia de alguém que não conhecia, mas que sempre estivera lá.

É possível que, naquele curto espaço de tempo, eu e Carolina tenhamos nos apaixonado, não sei. Tive vontade de beijá-la, mas estava começando uma história com Beatriz e me contive. Quando ficou quase impossível controlar a atração dos nossos corpos, Bia, que nos observava de longe, surgiu e apenas me chamou para dançar.

Dançamos o hit "More than words", e Beatriz me abraçou com carinho, vontade e desespero. Tanto eu quanto ela sabíamos que não poderíamos nos perder; não estaria certo. Deixei no passado o encontro com Carolina e, talvez cedo demais, apostei no futuro com Beatriz.

INSTAGRAM

Os amigos da rua jogam videogame na sua casa. Você pode ouvi-los e não se preocupa se sua demora no banheiro será notada: ao contrário de fazer cocô, bater punheta é sinal de status; quanto mais demorar, melhor.

Dessa vez – e pela primeira vez – a aflição é suportável, ou é você que está mais forte para suportá-la, e a fricção no pau só é interrompida quando um líquido cristalino toma de súbito a glande. Não há jato. Não há algo parecido com leite. É uma porra cristalina, livre de impurezas. Porra de criança.

Mas pouco a pouco as impurezas da vida passam a contaminá-lo. O motivo pelo qual você irá se lamentar tanto nos próximos anos, certamente mais do que deveria, são as feridas vermelhas e purulentas que tomarão de assalto o seu rosto. Na lógica que você constrói, as inúmeras dificuldades que passa a enfrentar se devem às espinhas. Por isso você reza todas as noites um Pai Nosso, uma Ave Maria e a oração do Anjo da Guar-

da, e o pedido que repete é: que as espinhas melhorem. Amém.

E elas só pioram.

Era um dia frio de sol. Passei na casa de Beatriz. Ela me esperava com uma touca de lã verde. Combinava com seus olhos. Passaríamos alguns dias no litoral.

Bia tinha separado um CD para ouvirmos na estrada. Damien Rice foi a trilha sonora da nossa primeira viagem, sobretudo com a melancólica "The blower's daughter". A letra da música falava em deixar uma história para trás, em encontrar outra pessoa. Não sei se éramos a outra pessoa um do outro, ou se já antevíamos que, um dia, precisaríamos nos deixar para trás. Mas era uma bonita forma de começar uma história.

Ficamos hospedados em um hostel ao pé da Serra do Mar. A paisagem, o barulho, o cheiro, tudo lembrava o clima de fazenda, embora o mar estivesse a pouco mais de um quilômetro. Tínhamos pouco dinheiro; nossas refeições se resumiam a sanduíches ou PFS baratos no almoço e macarronadas no jantar.

Uma noite, depois de comer, subimos ao terraço do hostel com uma garrafa de vinho. Fazia frio. Ficamos abraçados, bebendo e olhando o céu estrelado.

Beatriz estava na faculdade. Ela queria ser neurocientista; todos apostavam muito nela, exceto ela própria. Eu terminava o curso de escrita criativa e tinha muitos planos. Acho que Beatriz se apaixonou por eles.

Naquela noite, no terraço, Bia começou a dissertar sobre o fato de o céu que víamos não corresponder ao céu que realmente existia, no que ela chamou de instante do céu. Muitos astros não estavam mais lá, outros já teriam nascido. Diante de nossas mentes ávidas por lembranças brilhava um punhado infinito de pó morto.

Você vive algumas despedidas nas férias de verão em que não irá à casa de campo. Seu avô, acometido por uma doença terminal, definha aos poucos. Por isso, a família passa a virada do ano e todo o mês de janeiro com ele, à espera da viagem maior daquele que é o parente mais velho e mais querido.

No último dia de férias, seu avô morre. Você não se permite chorar a morte dele no momento em que ela ocorre. Sua avó, sua mãe e o enfermeiro rezam de mãos dadas enquanto, à distância, você procura manter o controle.

Na semana seguinte, o ano letivo começa e traz um componente diário de angústia à sua vida: o sono. Não é obrigatório, mas a tendência é deixar de estudar à tarde (coisa de criança) e passar para o turno da manhã (coisa de adolescente). Você vai com a maioria.

No primeiro dia de aula no período da manhã, você reencontra colegas de anos atrás e vive uma sensação estranha: não reconhece os rostos familiares, certo também de estar irreconhecível aos olhos deles. Quanto mais você pede para as espinhas sumirem, mais elas aparecem. Quando você pensa que o horror já se abateu o suficiente sobre si, levando embora seu encanto, mais seu nariz se deforma, seus olhos perdem o brilho (que vai todo para a testa), seus ombros arqueiam.

Então, na hora do recreio, você desce cabisbaixo as escadas do colégio na esperança de não ser reconhecido às avessas ("Nossa, como você está diferente!", "Olá! É você mesmo?") em meio aos corpos, às mochilas, aos bonés e perfumes, à algaravia toda, enfim: você é açoitado pela angústia de quem assiste ao assalto do próprio passado. Mais ou menos como se sentiu, ao avançar rumo ao sepultamento do seu avô, escondendo as lágrimas atrás do boné.

Eu e Beatriz trocávamos muitos (como ela costumava chamá-los) sorrisos sinceros. Mas um dia, depois de transar, ela me disse com o semblante pesado que tinha uma coisa difícil para contar, algo que não tinha contado para ninguém.

(Um segredo.)

Mal terminou a ressalva, ela começou a chorar. Eu hesitei entre confortá-la e encorajá-la a falar, porque, mais do que sofrer com ela, eu sofria por ela. Intuí que sua dificuldade em falar era diretamente proporcional à dificuldade em lidar com o que tinha a dizer. E agora ela soluçava diante de mim, inclinada a contar. Mas não conseguia.

Ainda não havíamos dito "eu te amo" um para o outro. Então, peguei sua mão e, com o indicador, comecei a escrever em seu braço – brincadeira que fazíamos de vez em quando. A graça era descobrir o que o outro tinha escrito. Até esse dia, eram apenas palavras ou frases banais

Mas, agora, o movimento de descobrir o que eu estava escrevendo fez com que o pranto abrandasse. Sem que eu terminasse, ela começou a falar.

Como assim?, perguntei.

Não me lembro direito de nada...

Beatriz parecia voltar a um tempo tão remoto quanto inacessível.

Fui até lá – ela se esforçava –, eu estava contente, entende?, ela me perguntava desesperada.

Tentei abraçá-la.

Eu achava que...

Agora você não está sozinha, Bia.

Finalmente consegui abraçá-la. Concluí a mensagem em seu braço – TE AMO – e, à medida que a decifrava, Beatriz, chorando ainda, fez nascer um sorriso sincero.

E riscou em meu braço: EU TAMBÉM, antes de terminar de me contar seu segredo.

CHEGA o momento de viajar à Disney sem os pais —
mais uma convenção. Você está muito animado e um
pouco apreensivo. Viajará com uma agência, mas não
levará amigo; acredita que haverá mais gente na sua
condição, quem sabe não fará novas amizades.

Embora não seja incomum entre os jovens vestirem
a camisa da seleção do seu país no dia em que viajam
para o exterior (é outra convenção), nesse ano a seleção brasileira finalmente voltou a ganhar uma Copa
do Mundo. Para ser mais exato, no dia anterior ao da
viagem e, ainda por cima, no país para onde você vai.

No aeroporto, pessoas vêm e vão com a camisa amarela. Mas, no seu caso, há uma peculiaridade (nem tudo
é convenção, portanto): o número estampado nas costas. Dezesseis. Dezesseis? Quem é o dezesseis? Que Romário é o onze, todos sabem. Bebeto, que fez o gol para
o filho no jogo contra a Holanda, veste a sete. Dunga,

símbolo da geração que se redime, se transforma em herói com a oito. Mas o dezesseis, quem é?

Você responde a essa pergunta uma, duas, várias vezes, quando ainda não conhece os companheiros de viagem. Mas agora deixa o dono da camisa dezesseis de lado para se ocupar com outras questões. Tão logo passa pelo portão de embarque, a ansiedade e a apreensão se transformam, de súbito, em angústia; tudo vira fonte de sofrimento. Há muita ruminação. Tudo demanda esclarecimento. Perguntas e perguntas e perguntas ramificam-se e você precisa se livrar delas. Respondendo-as. A tarefa parece não ter fim. Você encarna o próprio Sísifo: a cada passo que dá no corredor da sala de embarque, menos sabe sobre si. Deixa para trás a infância, e parte rumo ao estrangeiro com saudade do passado. Sequer desconfia de que a solidão cortante que passa a sentir é justamente uma corrente a puxá-lo de volta.

Você entra no avião e não sabe se está triste ou feliz. O pouco de contato com os colegas de viagem deixa a impressão de que praticamente todos se conhecem e você não tem nada em comum com eles. Quando encontra o seu assento, há um homem mais velho ao lado. Sem ser inconveniente, ele tenta conversar com você, e observa sua camisa do Brasil. Pronto: o tema está definido. Copa do Mundo. "Você gosta do Leonardo, né? Não é ele o dezesseis?", e emenda: "Que infelicidade aquela cotovelada". "Verdade", você concorda, mas acrescenta: "Se o Leonardo não fosse suspenso, talvez o Brasil não passasse pela Holanda graças ao gol de falta do Branco", e agora é ele quem está de acordo. Ele diz que também está em viagem pela mesma agência. "E sua família?", você pergunta. Com tristeza, ele diz que a família ficou no Brasil.

De certa maneira, é provável que o elo entre vocês, mais do que a Copa, seja a tristeza por algo que ficou para trás. Então ele propõe um jogo de perguntas e respostas sobre a Copa. É ele quem faz a primeira: "Quem fez o primeiro gol do Brasil?". "Ah, essa é fácil, Romário", e você ainda completa que foi após uma cobrança de escanteio. Na sua vez, você capricha e pergunta quantos gols fez Thomas Brolin, craque da seleção sueca, que deu trabalho ao Brasil na primeira fase (1×1) e na semifinal (1×0, no sufoco). O homem mais velho olha para cima, levanta a mão e, com os dedos, conta pausadamente um... dois... três. "Três!" Então, você se dá conta de que ele também sabe tudo sobre aquela Copa. E seguem assim, menos competindo do que trocando o que sabem, num jogo em que um leva o outro ao limite à espera de que ambos se superem: cuidam-se, cúmplices.

Quando estão próximos de chegar ao destino, ele deixa escapar o segredo, não sem antes se assegurar de que você não contará a ninguém. Ele deixou no Brasil a mulher e as filhas em busca de uma vida melhor. Sen-

NO INSTANTE DO CÉU 45

tindo a despedida brusca, você pensa que o passado que o homem mais velho deixa para trás é mais valioso que o seu, e se compadece. A tristeza do outro amortece a sua. Mas quando o vê agradecer a guia da agência, que lhe deseja sorte, você é açoitado por uma pontada de angústia. Faz tanto calor que a camisa da seleção começa a cheirar mal. O homem mais velho parte em busca do desconhecido. E você se junta aos colegas de viagem.

WHATSAPP

Para
+55 81 09031-4827

Oi, filho, tá td bem? Pq não me atende? Pq não me responde? Saudade.

ALGUNS meses após o bailinho, eu estava de novo com o pensamento fixo em Carolina. Pouco depois da conversa sobre o segredo, Bia viajara para Recife, onde sua avó morava. Como faltavam algumas semanas para o fim das aulas no curso de escrita criativa, eu partiria depois para encontrá-la.

Sem o olhar vigilante de Bia, fui ao encontro de Carol. Após uma tarde inteira debaixo de chuva e muitos beijos, Carol se deixava menos ainda partir em mim.

Foi delicioso misturar nossas salivas, um prazer idílico e o que eu intuía ser a origem de um vício perigoso. Nessa época, escrevi dois textos nos exercícios do curso de escrita criativa. Jamais viria a publicá-los.

O primeiro intitulava-se "Breve discurso virulento".

Tenho sono e medo. Quero dormir, e não quero. Ou não posso, e preciso. Estou muito velho para isso, eu sei, mas hoje escutei suas primeiras palavras e me encantei, como na primeira vez, com seu sorriso de espanto, você é linda, eu quis dizer e não disse. Eu nunca digo. Também tenho meu quinhão na fabricação desta arapuca, somos feitos um para o outro, eu e ela, foi muito difícil não te beijar aquela noite, me peguei dizendo nesta manhã a mim mesmo, e percebi que me enganava. Foi muito difícil não te beijar aquelas noites, logo me corrijo, e aí é que erro, acordado, em devaneios. Velhos não sonham. Ah, a ciranda da vida iria girar mais bonita se nos amarrássemos esta noite e nos amássemos uma vez apenas, mas arapuca que se preze funciona para sempre. Para sempre também é muito relativo, eu me lembro, e decido que hoje não vou dormir, tenho medo. Daria minha vida para ouvir a chuva que cai lá fora embalado aqui dentro em seus contornos. Sinto-me sujo de vida. Contamino-me com o vírus do afeto, tenho sono, estou cansado, preciso repousar, mas o único repouso que me interessa agora é o de minhas mãos sobre as suas, dentro de suas mais veladas entranhas; eu daria minha vida para possuir o seu cheiro uma única vez. Estou muito velho para isso, eu me abraço, e outra vez, e mais uma, e uma última vez, e infinitamente eu me abraço. O vírus do afeto tem de seguir adiante, mas em minha vida ele sempre andou para trás, prisioneiro do próprio rastro. Que arapuca danada compõem minhas pegadas! Contorço-me, soluço de sufocar, quero um afago, aperto os meus nós cada vez com mais força, meus joelhos agora tocam o queixo, um feto, daqui a pouco você chega e me embala na prisão úmida do seu ventre impossível.

O segundo não tinha título e começava com reticências.

... sim, porque, apesar de todos os contornos, havia na paralela um forte par de olhos, um farto par de seios, dentes bem feitos. Paralelas às vezes muito distantes, quase inexistentes. Mas, sobretudo, paralelas que se correspondiam. É engraçado, eu não sofria dessas coisas já há algum tempo. Devo mesmo estar ficando velho. Ou parado no tempo. Escrevia com raiva; com força, você dizia. É pena não termos compartilhado um bocado que fosse dessa raiva. Queria ter te fodido. Eu já quis muito. Te mostrar o avesso dessa cara de bom moço. Cheirar o teu rabo. Arrancar fora as meias com que andaríamos pela casa (lembra do plano?) e nos embrenhar na mata. Seríamos bichos. Farejaríamos um ao outro como nos velhos tempos, remotos, primeiro dia. Iríamos nos banhar em saliva azeda. Saltar da fantasia para a sinceridade.

Pintados de terra e lama e bosta. E enfim, futuros amantes, desfazer essa nossa eterna e antiga impressão (talvez, de todas as cumplicidades, a mais intensa) de que jamais daríamos certo.

Carol não se deixaria tão cedo partir em mim. Carol não se deixaria partir em nós.

Você assiste a um vídeo da festa de aniversário do seu pai. Ele faz um discurso que você, aos dez anos, não reconhecia como dele – seu pai filosofa sobre a vida, sobre o tempo, sobre o amor.

Quando fala sobre o amor, a pessoa que está filmando faz um plano fechado do rosto de sua mãe. Ela também parece estranhar. Ou desejar que aquilo fosse para ela. Você percebe um certo desencontro entre a intenção da câmera, o rosto da mãe e o discurso do pai.

Cenas como esta, em que há ausência em sua mãe, são raras. É ela quem dá colo quando você tem medo. É ela também que alimenta algumas de suas inseguranças. Mas é para ela que você fala verdades que muitos gostariam de dizer.

É a ela que você queria recorrer quando tudo na viagem aos Estados Unidos dá errado. Você não se enturma. Você é chato. Pejorativamente, chamam-no de velho. Você sente saudades de casa. Você quer desapa-

recer por causa das perguntas que faz a si mesmo. Mas quando a telefonista da Embratel completa a ligação, é o seu pai quem atende. Sua mãe também está viajando. Ela está inacessível, e é estranho que seu pai venha ao seu socorro nessa situação. Mas funciona: vocês encontram um canal de comunicação.

Ele diz que já passou por isso, o que é tranquilizador: você não está sozinho. Ele procura acolher suas intermináveis perguntas, o que o alivia, mas não resolve o problema – o alívio não se mantém, você não quer parar de falar e, quando desliga, surgem mais e mais questões, angústias. Saudade.

Seu pai o aconselha a comprar um caderno para, sempre que tiver vontade de falar com ele, escrever. Porque, ao escrever, vocês estarão em contato. E, tão longe, vocês nunca estiveram tão próximos. Esta é uma das coisas mais bonitas que seu pai lhe fará: ensinar que você sofre a falta dele.

Peguei o avião para ir ao encontro de Beatriz com o pensamento em Carol. Estava confuso. Sentía-me amarrado à Bia, não podia simplesmente desfazer o namoro e tentar algo com Carol. Tudo estava muito complicado.

No voo, ouvi a seleção de músicas da companhia aérea. Havia canções de Chico Buarque, na voz de Elza Soares. Foram essas que marcaram a viagem. Sem tirar o fone do ouvido, abri o meu caderno e pus no papel uma ideia que pretendia desenvolver em um conto.

No último dia de férias, a turma brinca de esconde-esconde, e ela se esconde com você. Sua vontade é ficar naquele esconderijo para sempre, mas há urgência no desejo dela. Ela quer beijá-lo na boca. Você não sabe ainda que amar é ser testemunha de uma solidão. Você não sabe por que resiste ao beijo. Mas vocês ainda estão escondidos e, após ela insistir muito, você concorda em dar apenas um "selinho". Você não se esquecerá de vê-la fechar os olhos, juntar os lábios, colar o rosto ao seu. Não se esquecerá do medo que sente – e não entende. "No carnaval, estarei aqui. Me procura", ela diz, e a perspectiva do reencontro é um alento: haverá uma segunda chance. Mas é na primeira chance que você pensa quando o carro da sua família parte e, olhando pelo vidro de trás, você vê a menina acenar com o olhar triste, cada vez mais distante, até desparecer por completo.

Ao desembarcar em Recife, avistei Beatriz na ponta dos pés, o pescoço esticado, uma criança à procura do presente na manhã de Natal. Ela logo me encontrou, e então sorriu um dos sorrisos mais sinceros que eu já vi. Eu passaria muitos anos em busca daquele sorriso. E despejaria, de quebra, os vestígios de afeto nas lembranças das músicas de Chico cantadas por Elza.

CHEGA o dia de voltar para casa. E a primeira cena de que você se lembra é a expressão nos olhos da sua mãe. Ela também está de volta e sabe do seu sofrimento. É estranho, mas, debruçada sobre o parapeito do desembarque, sua mãe inclina a cabeça como se estivesse diante do seu caixão.

No aeroporto, toda vontade de voltar para casa desaparece. A expectativa do abraço idílico em sua mãe dá lugar a um semblante pálido, a um rosto ainda mais tomado por espinhas. Há coisas boas para contar, é evidente. Houve momentos divertidos, é evidente. Há as compras, é evidente – o tesouro espalhado e escondido na mala, entre as roupas, torcendo pela luz verde na alfândega. Mas o verdadeiro tesouro está no caderno que você entregará ao seu pai, uma herança às avessas, a constatação de que algumas viagens não têm volta. Você se fecha definitivamente nas ruminações. Açoites ininterruptos rasgam estrias em sua cabeça.

Nada marca tanto a sua entrada na adolescência como essa viagem. Em território estrangeiro, não há mais como fugir dessa condenação: de um lado, a tremenda pressão para voltar a ser criança; de outro, a obrigação de se singularizar. O veredito é que você odeia a imagem que o espelho reflete. Você sofre demais.

Fui a Recife certo de que terminar com Beatriz era a coisa mais sensata a fazer. No entanto, quando desembarquei, o entusiasmo dela, no aeroporto, me desmontou. Se, por um lado, ficou claro que não havia espaço para terminar o namoro durante a viagem, compreendi também que, da minha parte, não seria fácil pôr fim àquela história. Que ainda haveria de ser escrita.

Eu não era bom na arte de fingir, e é provável que nunca tivesse me esforçado para isso; o fato é que bastaram poucos dias para Beatriz notar que algo não ia bem.

Ela sabia que tinha a ver com Carol, e eu sabia que ela sabia. Mas fomos cautelosos a ponto de não tocar diretamente no assunto. Ouvimos muito Legião Urbana, sobretudo as canções depressivas que, via de regra, falavam de separação ou morte. Uma delas, instrumental, era, segundo Beatriz, a música que ela gostaria que tocasse na sua cremação.

Voltamos para São Paulo. O prazo velado que nos demos para não tocar no assunto havia expirado, e não perdemos tempo. Mal descemos do táxi para entrar em casa, já estávamos conversando. Confesso que temi sua reação. Bia chorou feito criança. Tinha certeza que vocês se beijaram, ela disse. Eu a abracei com força, responsável ao mesmo tempo por sua dor e por seu consolo, e me lembrei do dia em que ela me contou o segredo. Constrangido, tentei esconder a ereção. Definitivamente adentrávamos um território de forças opostas. Fui sincero em minha incerteza; ela, em sua convicção. Durante algumas semanas ficamos assim.

Mas, como se o mal-estar tomasse proporções insuportáveis, acordamos em ficar alguns dias sem contato. Desci do seu apartamento ciente de que tinha a obrigação de, quando voltássemos a falar, comunicar minha decisão. Ao entrar no carro, olhei instintivamente para cima. Ela estava na janela, melancólica.

A imagem contrastava com a euforia com que me recebeu em Recife: lá, uma criança em busca do presente que pensa que irá ganhar; aqui, uma criança que vê o presente tomar outro rumo. As duas, uma criança abandonada.

VOCÊ, *sua mãe e seu pai estão no shopping e entram em uma loja de discos. Você compra um* CD *do Lulu Santos, guitarrista que admira; sua mãe compra um* CD *da Maysa, cantora que admira; seu pai não compra nada.*

Você passará alguns momentos dos seus 15 anos ouvindo o disco do Lulu Santos, tirando as canções, tocando com as gravações como se fosse um integrante da banda. Você toca guitarra e seus equipamentos são de qualidade: guitarra Yamaha, amplificador Peavey, pedaleira Boss.

Na escola, você tem vergonha de gostar do Lulu Santos. Guitarrista tem que tocar Green Day, Beasty Boys, Sepultura, Iron Maden e, no máximo, Van Halen. Àqueles que zombam das suas preferências, você ainda diz que gosta de Joe Satriani, mas a voz sai fraca, para dentro.

Quando voltam do shopping, sua mãe põe o disco que ela comprou para tocar, as luzes apagadas, ela deita

NO INSTANTE DO CÉU 61

no sofá. De longe, você assiste à cena (incomum) e se aproxima. A música é triste e forte. Você percebe que sua mãe está chorando e pergunta o que houve. Ela diz que está bem, apenas se lembrou de outros tempos, sonhos nos quais um dia acreditou. Ato contínuo, você deixa a sala ciente de que sua mãe precisa chorar, ouvindo "Morrer de amor" sozinha, com os sonhos dela, vivos ou mortos.

FACEBOOK

Nas vezes em que levei meu filho a festas de aniversários, sempre me achei mais novo que os outros pais e não me sentia bem com isso. Era como se não lhe oferecesse um pai à altura. Pensava nisso, hoje, ao deixá-lo em um aniversário e me lembrei de uma festa da minha infância. Seria no buffet X. Iríamos da escola com a mãe do aniversariante. Lembro de a minha mãe dizer: Ah, claro, ao lado do hospital Y, onde seu pai trabalha. Bem, chegamos ao buffet X e eu não reconheci a região, não avistei o hospital Y. E pronto. A festa foi um poço de angústia. Minha mãe não iria me achar, concluí. Até que um amigo bateu a cabeça em uma quina e o choro dele deu forma à minha angústia. Ele parecia morrer. Gotas gordas de sangue, escuras, tingiam o chão. Em meio à confusão, escutei que iriam levá-lo ao hospital Y. Foi só então que tomei coragem de dizer à mãe do aniversariante que minha mãe iria me buscar no buffet errado, já que ela pensava que a festa era ao lado do hospital Y. A mãe do menino, consternada, abriu um sorriso relaxado e disse: Mas o hospital Y é aqui do lado. Renasci. Toda festa de aniversário é arriscada. Qualquer deslize, e tudo pode dar errado. Uma cadeira pode despencar. Os convidados podem não aparecer. O medo de algumas crianças no parabéns a você, a propósito, não é aleatório, como de resto nenhum medo é aleatório. Há certa melancolia na melodia universal do parabéns a você, e também isso não é aleatório. O remédio para um trauma é sempre outro trauma.

ALGUNS dias depois, marquei um encontro com Carol. Eu sabia que minha decisão passava também por uma resolução com ela – um fantasma que não parava de me assombrar. Combinamos de nos encontrar em um parque.

Um pouco antes, havia chovido e nós caminhamos pela terra molhada. Como não nos víamos desde aquele primeiro beijo, estávamos um pouco constrangidos. Não nos aproximamos nem conversamos sobre algo mais sério, até que voltou a chover e buscamos abrigo no carro.

Eu não tinha certeza do que tinha a dizer e menos ainda do que queria dizer. No carro, os olhos fixos nos contornos de suas pernas, inebriado por seu hálito, eu disse, em tom de lamento, que não conseguia terminar com Beatriz e que vislumbrava um futuro com minha namorada. Foi difícil beijar quem eu preteria.

Saí do parque direto para a casa de Beatriz e percebi que insistir na história com ela significava, naquele momento, abrir mão de todas as outras possibilidades. Não era pouco. Chegava a hora de parar de brincar de ser adulto.

IR à escola é um tormento. Um apelido o incomoda. Barraca. Uma colega diz que o flagrou de pau duro. Ereções nessa época não são incomuns, mas você toma sempre muito cuidado para não dar na vista. Se deu, foi provavelmente porque a vista dela estava à procura.

A parte pelo todo, um tipo de metonímia, você aprenderia justamente à época, a tal da sinédoque. Ter a identidade condensada na figura do pau duro sob a calça não o deixaria nem um pouco à vontade.

Cabisbaixo, você está aguardando a próxima aula. À esquerda um casal de namorados, à direita dois meninos trocando figurinhas. Você abre o fichário quando ouve da porta: "Barraaaaaaaca!". Pronto. O apelido se espalha.

As meninas parecem ter vergonha de chamá-lo assim, o que não significa que não o façam. Ocorre que o mais envergonhado é você. "Não dê importância", diz um colega mais empático. Mas a equação, segundo a qual quanto mais você se incomodar mais será incomodado, é perversa. Você é ainda muito novo para compreender o mecanismo cruel que transforma a vítima em culpado. Está tudo errado.

FACEBOOK

O menino corria atrás de bola. O menino desliza os dedos sobre uma tela. O menino queria ser músico. O menino quer trabalhar com games. O menino tinha frio na barriga na hora de chamar as meninas para dançar. O menino tem crush. O menino tinha cabelo escuro. O menino tem cabelo claro. O menino sempre quis acertar. O menino quer aprender. O menino. O menino em busca. O menino em busca do menino.

Semanas mais tarde, Beatriz entrou na sala segurando um cinto. Vamos para o quarto, ela disse impositiva, com uma voz que eu não conhecia, e desferiu uma cintada com força na minha perna. Levantei-me da mesa acatando a ordem.

No quarto ela baixou minha calça e me açoitou sem piedade. Quando eu já não aguentava mais, ela passou a bater com a fivela. Agradeça, bradava. Meu pau estava prestes a estourar.

Então, Bia finalmente largou o cinto, se despiu e mandou que eu a chupasse. Ela gozou loucamente. Agora quero seu pau dentro de mim, ela disse.

Por cima, soquei com gosto. Seu hálito tinha um gosto diferente, os contornos do seu corpo estavam alongados. Ela exercia um poder inédito sobre mim. Gozamos juntos, e ela voltou a ser uma criança.

Beatriz estava grávida.

Você bate punheta quando está na cama ou no banheiro e desenvolve uma técnica: enquanto se masturba, pensa em várias mulheres, mas, antes de começar, já escolhe em qual delas irá pensar no instante do orgasmo. Além disso, para cada mulher você elege uma música. As punhetas do Barraca têm trilha sonora.

Você descobre que gosta de se masturbar de bruços, friccionando o pau à superfície da cama, de modo a simular uma trepada. Algumas vezes você ejacula na cueca e a joga no cesto de roupas sujas. Mas, ao perceber que seu esperma está grosso, você se dá conta do equívoco que é deixar tia Sebá lavar sua porra. Então, você passa a ejacular na palma da mão e arremessa a porra na parede do quarto, como se ela se perdesse por lá, invisível – até descobrir que há alguns rastros transparentes na parede, da janela ao chão.

Um dia, enquanto olha essas manchas na parede, lhe ocorre a imagem da perna do seu avô escorrendo sangue. Você tem sete, oito anos; nove, no máximo. Seu avô constrói um gol de verdade, com rede e tudo, para vocês jogarem futebol. Você tem muita energia e, já àquela época, precisa mostrar que é bom, que está à altura das expectativas. Seu avô tenta um drible. Você entra firme. Sua intenção é tirar a bola, mas as travas da chuteira encontram a canela dele e tatuam bolinhas de sangue que escorrem até o pé. Um sentimento de culpa o invade. Passam mertiolate nas feridas. Seu avô urra de dor.

Sua memória recua ainda mais no tempo e agora você tem dois anos. Joga futebol com seu avô. Você tem muita energia e, já àquela época, precisa mostrar que é bom. Que está à altura das expectativas. Você se lembra de flashes daquela noite. De correr atrás da bola. Do sorriso do avô. De chocar a testa contra um muro de pedras. Do avô atordoado. Culpado. Da camisa dele manchada de sangue. Das luzes no hospital. De uma injeção que faz você chorar, urrar, espernear de dor.

De volta ao quarto adolescente, se pega sorrindo. Você sorri pouco, quase nunca, mas é sorrindo que faz as descobertas mais importantes.

Teremos ou não esse filho?

Estávamos assustados, éramos jovens, não nos sustentávamos sozinhos, que dirá sustentar um filho. E eu somava a isso a fragilidade que pairava sobre o nosso namoro.

Vamos tirar então, disse Beatriz, resignada, quase contrariada, como se cedesse à minha vontade. Minha convicção, no entanto, estava longe de ser esta; eu apenas tentava ponderar as possibilidades, reunindo o pouco de tranquilidade que restava. Passamos alguns dias diante de um futuro imenso e incerto.

Mas algo precisava ser feito ou, no mínimo, definido. Encontraria Beatriz em um final de tarde e sentia que a decisão estava em minhas mãos.

Enquanto me dirigia ao encontro com Beatriz, passei a me dar conta de que talvez já quiséssemos muito o filho. Lembrei que no dia das mães, semanas antes de descobrirmos a gravidez, eu a acordei com um beijo na barriga, cumprimentando-a pelo filhinho que estava lá dentro. Rimos.

Beatriz me esperava melancólica. Ao encontrá-la, após um abraço demorado, falei que deveríamos ter o filho. Como se eu dissesse algo que ela não merecia, Bia respondeu que não, eu não precisava fazer tamanha concessão por causa dela. Então foi a minha vez de dizer que não, ela não estava entendendo. Choramos.

Tomávamos contato pela primeira vez com a vontade incontida de ter um filho. De ter o filho. E não poderíamos sequer supor que tínhamos feito por ele uma das coisas mais bonitas de que seríamos capazes: dar-lhe, desde a origem, o direito à dúvida.

INSTAGRAM

Você descobre que a primeira parte da travessia passa mais depressa. Toda viagem ocorre em perspectivismo infinito; então a segunda parte não existe. Aliás, nem a primeira. Quanto é metade do infinito? Infinito sobre dois? Meio infinito? Infinito multiplicado por 0,5? Há diversas formas de registrar aquilo que não existe. Aí está a (possibilidade de) salvação. Mas a palavra nem sempre dá conta. Há diversas formas de apagar aquilo que existe. Aqui, no espelho, as palavras são números, e números também não dão conta. Como mensurar em definitivo o intervalo entre um ponto e outro? Entre uma frase e outra? Uma palavra e outra? Uma letra e outra? Os números embaralham você. A física que aprendemos na escola é uma mentira. Mas e a física que outros aprendem na faculdade é uma verdade? Uma verdade pode até ser; a verdade, jamais. Você começa então a brincar com os traços que lhe dão contorno, calculando às cegas a distância entre uma orelha e outra, uma ruga e outra, mas é a brincadeira que toma corpo e fica ainda mais interessante se você recorre à geometria espacial. Quanto mede o intervalo entre os seus olhos e os olhos do seu avô? Entre o seu afeto e a tia Sebá? Muitas são as possibilidades de formular e de reformular essas equações – frases – pensamentos que, no perspectivismo do espelho, te prendem no infinito.

INDEPENDENTE do futuro da nossa relação, eu quero muito que o nosso filho saiba que ele é fruto de uma história de amor, Beatriz suplicou, falando através da dor que havia em nós.

Eu ainda não sabia se queria continuar com ela, não considerava superada a crise do começo do namoro e, para marcar essa posição, parei de dizer que a amava. Podíamos esperar. Mas, se estávamos angustiados com tudo o que um filho representava, também curtimos a espera. Colocamos nosso futuro como casal entre parênteses (viveríamos juntos a gestação).

Dar a notícia a familiares e amigos era fácil, prazeroso até. Mas, para as pessoas que não me conheciam, era motivo de vergonha. Tão novo, coitado, que fardo – era como se me dissessem. Eu também ficava muito incomodado quando me "casavam" com Beatriz, só porque ela esperava um filho meu. Somos namorados, eu fazia questão de reforçar.

Eu praticamente não conversava sobre minhas angústias com ninguém. Dois parentes mais velhos, a quem tive coragem de dizer alguma coisa, me responderam que um filho era o que havia de mais importante, minha "esposa" era linda, eu devia deixar de besteira etc. Um amigo, a quem confidenciei mais detalhes, disse após me ouvir com muita atenção: Que surpresa, sempre pensei em você e Beatriz como o casal perfeito.

Também quero que o nosso filho saiba que ele é fruto de uma história de amor, mas não estou seguro disso agora – não sei se disse ou pensei, porque súbito Bia mudou a expressão. Algo se abria para nós.

Ei, Barraca, levanta aí, meu! Tá com medo, cara? Hahahahaha.

Outras vozes se juntam ao coro e o levantam da carteira. Sem mais nem por quê, fazem uma rodinha e desferem tapas em sua cabeça, chutes na sua perna, murros no seu estômago. Com raiva, vergonha e angústia, você volta à carteira.

Como se nada tivesse acontecido, a aula começa.

"Não dê importância", você segue escutando aqui e ali, "Se contar para a coordenadora, ficará ainda mais marcado". Junto às ideias obsessivas, que não dão trégua, o "não dê importância" não sai da sua cabeça. Você apanha indiscriminadamente porque dá importância.

Você continua em guerra contra si mesmo. Será que todo esse sofrimento é porque fui para a Disney? É porque tenho espinhas? Sou feio, por isso me batem? Você pensa, pensa, pensa. E lá no fundo, bem ao fundo, a voz do professor falando sobre lentes e espelhos, o ruído do giz na lousa.

É um dia comum. Você volta para casa e se impõe uma rotina rigorosa. Horas de leitura e estudos. Horas consumidas por ideias obsessivas. Ideias que podem ser a resposta à pergunta que seus pais fazem todos os dias: "O que você tem, filho?".

Tia Sebá traz a sua comida. Você gosta muito da tia Sebá. Ela cuida de você desde o seu nascimento, desde a época em que, voraz, você chupava com gosto o pedaço de bife que lhe davam, desde seus primeiros passos, suas primeiras palavras.

Tia Sebá e seu sorriso desdentado.

Você não quer estar sempre emburrado, mas não consegue fazer diferente. E é com a cara amarrada que vai ao andar de cima da casa. Com muito sono, olhando o relógio, o horário de estudo começa a contar. Você não pode perder tempo.

Eu estava prestes a concluir o meu primeiro livro, uma coletânea de contos breves, quando me senti invadido pela voz de Beatriz. Deixei que ela falasse em mim e escrevi aquele que seria o último texto a ser incluído no livro: "Metástase".

Cada expansão da superfície, cada estria, tudo isso só me faz sentir de novo aquela dor, a dor primeira, o corpo estranho a me cortar inteira, uma lança indo e vindo, a serpente a inocular sua peçonha no fim; praticamente desmaiada, a vista pendendo para baixo, o chão colado ao céu, eu posso vê-lo sair em disparada, um menino com medo de ser pego em calça curta, um coitado à procura de nada, corpos e nuvens formigando em minha retina; eu grito, mas é um grito calado, mudo, toda dor do mundo é engolfada por meu ventre cavernoso; apostam corrida, pra que correm tanto? qual sua fome? um exército de formigas de um homem só; estou assustadoramente sozinha, eu penso, eu sonho e, só quando acordo, posso dormir um repouso doído; a fenda coberta de pus, fantasio que me desintoxico ao urinar, mas nem a mim a hipótese parece plausível, tampouco é plausível tomar uma decisão, ainda que a lei esteja com você – foi o que disse o médico, precedido de um haja o que houver, todo sem jeito, as mãos nos bolsos do jaleco, escondidas de quê? – resolvo não decidir nada e deixo as coisas seguirem seu curso natural, perderem-se nesse mundo artificial, dentro de mim, crescerem como bem querem, eu mesma já não quero nada; cada expansão da superfície, cada estria, cada chute, tudo isso só me faz sentir de novo aquela dor, a dor primeira, sou uma pessoa horrível, darei um banho de luz a uma criatura geneticamente asquerosa, boas-vindas a um formigueiro fétido, corpo estranho que se multiplica, começo e termino os dias desenganada, quanto tempo de vida, doutor?, sequer preciso perguntar, ciente da resposta, e é me arrastando que vegeto até subir ao cadafalso, a vista pendendo para baixo, o chão colado ao céu, eu posso vê-lo sair em disparada, um menino com medo de ser pego em calça curta, um coitado à procura de nada: é ele quem enfim irrompe do meu ventre purulento, corpo do meu corpo, ambos gangrenados; ato contínuo os olhos atrás das máscaras revelam espanto, silêncio, movimentos bruscos, brancos, nasceu morto? nasceu morto?, eu me pergunto, desejosa?, eu me pergunto, quanto tempo de vida, doutor?, já não preciso perguntar, afinal, o tempo correu para dentro nos últimos meses; exausta, eu esboço um sorriso, e, como se combinássemos, ele enfim começa a chorar as mazelas desse mundo sujo: aliviam-se os jalecos, marejam os olhos, suas lágrimas abrandam as feridas e aquilo que era apenas um esboço me toma inteira. Eu sorrio com o corpo.

Você está no seu lugar, o lugar de sempre, e nota risadinhas, cochichos, bilhetinhos, cutucadas nas costas uns dos outros, menos nas suas. Alguns colegas olham dissimulados para você. Riem um sorriso perverso. O professor, que percebe a movimentação, não a impede; ao contrário, é como se dela participasse.

Aula de física. Ótica. Refração, reflexão, lentes e espelhos côncavos e convexos. Você sente um aperto no peito. O estômago gela. Mas você segue anotando as explicações do professor – finge traçar no caderno a trajetória da luz o mais perfeitamente possível; nada o abala, está tudo bem, você não dá bola.

Você também nota que algumas meninas fazem "não" com a cabeça, olham para você, voltam a fazer "não". Uma corrente que se espalha pela sala, você passa invisível de carteira em carteira, de ouvido em ouvido, e sabe que há uma tensão prestes a explodir: é você quem ficará estilhaçado e voltará a cada um dos *ouvidos, dos bilhetinhos, das risadinhas, e alguém faz Prrrrrrrrrrr!*

Porra, Barraca, você peidou, que fedor!

Todos cobrem o nariz com a camiseta, o reprovam, o professor interrompe a aula para assistir ao espetáculo, você está vermelho, tenta em vão balbuciar que não fez nada, recebe um ou outro safanão de colegas sentados próximo a você.

Aos poucos o coração desacelera, está passando, o professor volta a perguntar se a imagem é invertida ou direita, você presta atenção como se fosse a aula mais importante da sua vida, seu foco não está no ridículo que passou, está na aula sobre lentes e espelhos.

Mas, quando tudo volta ao normal, todos na sala, olhando para você, levantam as mãos. Estão de mãos ao alto, como se você estivesse armado, ou seja, com a barraca armada.

Ê, Barraca, disfarça cara!

Você esboça um movimento de reprovação, mas seu corpo está duro. As meninas, também elas com as mãos ao alto, riem de você; algumas, envergonhadas, cruzam as pernas, mas riem mesmo assim. Você não sabe para onde olhar, nem o que responder ou como reagir. Você queria apenas não precisar saber o que fazer.

FACEBOOK

Você, criança, que sentia o peso dos pais sobre si e pensava que era o peso do mundo; você, adolescente, que sentia o peso dos pais sobre si e não via a hora de se libertar; você, adulto, que sentia o peso dos pais sobre si e se dava conta de que, mesmo distantes, jamais pesaram tanto: você não poderia saber que, mortos, é que seus pais pesariam verdadeiramente sobre si, e que esse peso só aumentaria, e que, na verdade, era esse o peso do mundo.

O SONO nunca mais é o mesmo, quando se tem um filho. O peso da vida aumenta – é uma questão de física.

Nosso filho custou a engatinhar. Era só uma questão de espaço, dar mais corda, eu sabia, embora ainda não tivesse feito nada a respeito. Mas naquele dia, quando ele largou o peito de Beatriz e foi para o chão, eu não o ajudei a levantar.

Enquanto ele atravessava a sala pela primeira vez, eu contemplava o filme e seu plano onírico. A sequência era um verso livre. Leve. Através daquele par de olhos, tão bonitos e desconfiados, eu sonhava o mundo outra vez.

Então percebi que Beatriz não apenas assistia ao filho encantada. Ela estava comovida porque constatou que, em certo sentido, era também eu que dava os primeiros passos.

E já não sei se foi uma tentativa de traduzir o pensamento de Beatriz ou se a descrição me ocorreu a partir da cena a que eu assistia, mas foi assim que aquele evento ficou gravado na minha memória: um rastro de vida atravessou a sala. Corte. Plano do filho que se vira à procura dos olhos do pai. Campo e contracampo: era um só sorriso.

O MEDO de fantasmas não dá trégua. É comum, ao deitar, você não ficar olhando para os lados, pois tem medo de assombração.

E não é que, em uma manhã, você vê algo?

É sábado. Você pode dormir até tarde e, com o sono atrasado, é o que você faz. Passa das dez da manhã quando você resolve levantar. É então que, em frente à cortina, há um vulto muito claro, um corpo luminoso com o rosto coberto. Você tem a impressão de que ele sorri, e não sente medo.

Enquanto toma o café da manhã, você conta ao seu pai o que acabou de acontecer, sem perceber que sua mãe vai ficando pálida. Cientes do seu medo, eles não contam que por volta da mesma hora sua mãe viu no quarto deles exatamente a imagem que você descreveu. Você só vai saber disso depois.

Seria a comprovação da existência de fantasmas? Você e sua mãe tiveram a mesma alucinação? Sonharam o mesmo sonho?

Sua mãe conta que, em uma fase da infância, à noite, você perguntava se o sol voltaria no dia seguinte. Ela respondia que sim, e você se acalmava. E a manhã seguinte era a comprovação. Por isso você gosta de pensar que, naquele dia, um pedaço do sol veio à Terra fazer uma visita exclusiva, reunindo mãe e filho na mesma visão.

ALGUM desequilíbrio é necessário para que uma relação siga o seu curso, eu pensei um dia, ao questionar mais uma vez se valeria a pena manter a relação com Beatriz. Eu estava muito inseguro e jamais poderia desconfiar que, dessa insegurança, viveríamos nossos momentos mais felizes.

E então a vida vomitou um monte de coisas. A chegada do nosso filho. Seus primeiros anos. O planejamento da nossa casa. As viagens para uma casa alugada, uma pousada, um hotel, e o deleite de dividir o tempo e o espaço só nossos. A angústia sobre o futuro. O pedido de casamento.

Eu pensava ter enfim encontrado um antídoto contra a separação. Ainda não sabia que, se até certo ponto o desequilíbrio é necessário, é igualmente verdadeiro que, quando passa desse ponto – que nunca sabemos exatamente qual é – ou se equilibra, a relação se estilhaça.

Por isso, no dia do nosso casamento, quando aparentemente não havia motivos para isso, a possibilidade de separação se anunciou para valer em minha história com Beatriz. Saberíamos disso só depois.

Um dia, por volta dos sete anos, você passa a perguntar por que seus pais trancam a porta do quarto aos sábados de manhã. Você chama por eles. Seu pai diz para você esperar, voltar mais tarde. Ora você retorna ao seu quarto, ora espera sentado junto à porta. Quando eles a abrem, roupas íntimas espalhadas pelo chão chamam a sua atenção.

Algumas descobertas se descortinam de uma hora para outra, como se o tempo nos engolisse e nós o vomitássemos pelo avesso. É mais ou menos assim que você junta uma coisa à outra e mata a charada: seus pais trancam a porta do quarto para transar, ou seja, o sexo não ocorre apenas para procriação, como lhe haviam contado. Descoberta das grandes, esta.

Você anuncia a descoberta e eles ficam sem graça, mas parecem também se orgulhar. A partir desse dia você encara a espera aos sábados de manhã de outro jeito.

No entanto, há um dia em que, ao entrar no quarto deles, você percebe o choro contido da sua mãe. Seu pai, ao lado da cama, está consternado. Em tom afirmativo, sua mãe pergunta: "Você não me ama mais, não é?". A tensão se camufla sem que seu pai responda, e a família desperta para mais um dia.

WHATSAPP

Para
+55 81 09031-4827

Oi, Edu, fica tranquilo por ter falado sobre minhas brigas c/ sua mãe na autobiografia q vc tá escrevendo na escola. Fico contente q tenha tido o cuidado de me avisar, mas tá td certo.

Nossos pais são um tabu: nomes santos que não devemos dizer em vão. Aqui, no espelho, você pensa em seus nomes e vislumbra o reflexo do reflexo do reflexo do reflexo do seu pensamento transitar do nada ao infinito. Então você dá um tempo na busca inútil pela palavra certa e, do celular, envia um e-mail para os seus pais. Digita: Oi pai, oi mãe, estou trabalhando em um novo livro. Se o lerem um dia, vocês localizarão eventos que de fato ocorreram. Gostaria que soubessem, no entanto, que não se trata de uma autobiografia. Muitos eventos são totalmente fictícios, outros se avizinham da realidade, e isso é tudo. Espero que não se aborreçam. Beijo. Seu pai responde primeiro: "Espero que não tenha nada muito chocante, afinal acho que não temos muito o que esconder...". Logo em seguida você recebe a resposta da sua mãe: "Oi filho, concordo com seu pai. Não tenho nada a esconder também. Você pode escrever o que quiser. De verdade, fiz o que achei que era o melhor".

Curioso, você pensa, ambos se referem a esconder (ou a não esconder) algo. Curioso também seu gesto de escrever a eles. Para que fez isso, afinal, se diante do espelho você reflete a imprecisão dos objetos, a impossibilidade contida em tudo o que envolve fidelidade, a linha tênue entre o que aconteceu e o que se escondeu? O espelho, a física, a matemática, tudo isso esconde ao revelar. Não há garantias nem mesmo de que a troca de e-mails com seus pais tenha ocorrido; pode ser mais um dos reflexos distorcidos dessas revivescências e descontinuidades. De uma forma ou de outra, temos de admitir: o corpo que o espelho reflete é linguagem – fala por si e muitas vozes falam nele. E, enquanto tal, originou-se de outra linguagem. Da linguagem de corpos reunidos: os corpos que o menino não quer que se separem. Hoje você sabe, contudo, que o menino não sabe que, para voar com as próprias asas, a separação era imprescindível. Hoje você sabe que o menino já sabe disso, embora esconda a descoberta de si. Hoje você sabe que sem separação não há palavra nova. E sem palavra nova não há vida.

Seus pais estão à mesa para o almoço. Você se esconde atrás do boné. Tia Sebá traz o bife que fritou especialmente para você. Seus pais se incomodam com sua cara emburrada, tentam conversar, perguntam pelo dia de aula. Quando responde, você é monossilábico.

Você come pouco. Seu pai se queixa da crise financeira. Mas eles consideram a hipótese de comprar outra casa de campo — maior, em um condomínio com mais estrutura. Muito mais cara.

Nesse momento você se intromete. Como é possível fazer o investimento se seu pai só reclama da falta de dinheiro? Por que acabaram de gastar dinheiro em uma viagem a Nova York então?

Sempre dá-se um jeito, filho, é o que respondem. Você segue contrariado, ainda que a perspectiva de uma casa de campo nova seja interessante. Melancólico, você se lembra da parede do túnel do Central Park, na qual, com uma chave, marcou suas iniciais. Seu pai volta para o trabalho e, com raiva, você começa a fazer uma bateria de perguntas à sua mãe.

Você gostaria de dar um jeito e melhorar seu mau humor. Que um jeito o libertasse dos pensamentos obsessivos. Das chacotas dos colegas. Dos rompantes de agressividade em casa. Das espinhas. Da dificuldade com as meninas.

Um jeito...

Uma noite, saindo do cinema – estávamos casados havia um ano –, Beatriz e eu demos de cara com Carol. Não sei se ela não nos viu ou apenas fingiu que não nos conhecia. Para mim, foi indiferente encontrá-la. Beatriz não disse nada.

Ocorre que – agora percebo –, sem a ameaça representada por Carol, minha relação com Beatriz perdia o sentido. E mais não saberia dizer. Então, é para o fim que salto, ciente de que tanto o que lembro quanto o que sinto necessidade de escrever ora se confundem, ora se afastam.

Posso já ter escrito o que segue, mas, se é sempre de um punhado infinito de pó morto que se trata, não faz muita diferença ter certeza quanto a isso (se é que se pode ter certeza de alguma coisa).

Nosso casamento estava por um fio quando mostrei a Beatriz as primeiras páginas do livro que eu estava escrevendo, uma história na qual o narrador revisita sua adolescência. Meu primeiro romance.

Bia disse ter gostado e fez comentários importantes. Disse que eu precisava ter clareza de onde o narrador-personagem, o adolescente da história, estava agora, no presente. No instante do céu, Bia, pensei de súbito, e não disse nada.

Acontece que essa conversa disparou uma série de lembranças do que eu ainda poderia viver. E também do que já havíamos vivido.

Então, alguns dias depois de mostrar o texto para Beatriz, decidimos, como último recurso, dar um tempo no casamento. Ato contínuo, corremos para o quarto e transamos com vontade, o que há tempos não fazíamos. Foi a nossa última transa e, ao menos nesse sentido, a despedida foi justa.

Quando abrimos a porta do quarto, nosso filho perguntou por que a cama estava fazendo barulho. Pensei na minha infância e fiquei feliz por lhe proporcionar essa experiência.

FACEBOOK

Primeiro ela me chamou a atenção porque calçava o sapato sentada na calçada de uma rua movimentada, rente à guia. Era uma menina bonita. Moça. Moça? Menina. Não sei se desprendida ou triste, ela se levantou. Tive vontade de falar com ela, agora recostada ao ponto de ônibus, como se ele a vestisse. Também eu a queria vestir. Triste, eu passo a vê-la no passado e em preto e branco. Mas o tempo (sempre ele) arrastado se apressa, e é tudo muito rápido. O ônibus encobre minha visão. É mais bonito pensar que é um trem. O trem da minha vida passaria veloz, levaria para sempre a menina, a menina com quem jamais falarei, a menina que me soprou no passado, no futuro e no presente, perfeita e imperfeitamente, que a tristeza é uma forma de desprendimento. Quis que ela salvasse o meu dia. Mas, mais que perfeita, ela salvara a minha vida.

Na noite que se seguiu à nossa última transa, sonhei que lia para Beatriz uma passagem de um livro: "É que, quando amávamos, eu não sabia que o amor estava acontecendo muito mais exatamente quando não havia o que chamávamos de amor". Beatriz não me escutava.

Acordei angustiado e abri o notebook. Comecei a escrever um conto cuja ideia era os parágrafos se apresentarem de trás para frente: "Luz vermelha para os dois".

Eles se abraçam demoradamente. Agora é torcer pela luz verde na alfândega. Quem passará primeiro? Não importa.

Ela paga a conta.

No caixa, a dúvida: quem pagará o quê? A última conta da viagem é sempre a mais difícil.

Acham graça por se importarem em levar roupas de grife para o filho. É como se fizessem a primeira compra de supermercado depois de casar.

Brincam – e não brigam – por não saber o que comprar, por que comprar. Riem.

Faltou alguma coisa? Você não queria o seu perfume? E os chocolates? Oficialmente de volta ao país, cada um faz as suas compras. Além de maquiagem e chocolates, ela compra meias da GAP para o filho e ele, que leva dois frascos do perfume de sempre, uma camiseta CK Jeans para o menino. O avião inicia o procedimento de descida. O aviso para afivelar os cintos. Ambos se entreolham. Saudade do que deixaram para trás, na partida e na chegada. A aterrissagem é brusca. Seus corpos se esbarram. Eles esperam quase todos descerem. Mais tempo juntos? Conversam sobre o Dutty Free.

Quase dez horas de voo. Classe econômica. Não é a coisa mais confortável. Sorte que não são altos. Nem gordos. Dormem boa parte do tempo. Ele escolheu cuidadosamente o horário do voo. Não se importou em pagar 300 dólares a mais. Mas a tentação de viajar na classe executiva ele conteve, pois teriam de fazer uma viagem mais apertada e, se era para se apertar, que fosse no avião.

Agora, após tantos anos, ele anseia por encontrar a sua letra, e pretende marcar a inicial dela ao lado. Deixar ali, para sempre, a história deles. Um epitáfio às avessas, ao som de "A Heart in New

York", música de Simon and Garfunkel que ouve infinitas vezes em silêncio, os fones no ouvido, enquanto caminham à procura do túnel. Alheia, ao seu lado, ela não imagina nada disso. Ele pensa que ela não pensa em nada.

Fazem o check-out no hotel pouco depois do meio-dia. Deixam as malas e saem para o último passeio. Caminham até o Central Park. Não faz calor nem frio. É outono. Foram ao parque algumas vezes nos últimos dias, mas ele não encontra o túnel que tanto o fascinou na adolescência. Gostava de ficar lá, escondido, como se fosse o guardião do parque. Chegou a marcar com uma chave suas iniciais na parede do túnel. Algumas coisas simplesmente deixam de existir.

Reservam para o dia anterior ao da partida um momento muito desejado. Compartilhando fones de ouvido, dançariam na Times Square ao som de "God Only Knows", dos Beach Boys. Era uma promessa do início do casamento. E dançam, alheios à multidão, aos luminosos, à algaravia toda. Dançam invisíveis. E nunca compreenderam tão visceralmente a mensagem da canção. Porque, hoje, eles são música.

Cumprem o combinado. Nada de roteiro rígido. Alternariam programas turísticos com saídas descompromissadas. Queriam sentir a cidade. Ela não abre mão do Museu de História Natural e ele, do MoMA. Por sorte, está em cartaz a exposição "The Artist is Present", de Marina Abramovic. Ele não consegue uma senha para participar da performance, mas, pensando nos olhares que se encontram e, sobretudo, se afastam, ele passa a tarde toda mergulhado nos olhares que se cruzam. Ela, calada ao lado dele, é um alicerce. Nunca fizeram uma viagem tão tranquila.

Enquanto o táxi os leva do JFK ao hotel, em Manhattan, ele procura os arranha-céus, busca na memória os nomes dos que já conhece, pensa em quais seriam os novos, começa a sentir o cheiro inconfundível daquela cidade tão cosmopolita. Pega na mão dela (que consente), e responde automaticamente às perguntas sobre futebol do taxista paquistanês, fã inveterado do Kaká.

Ela aceita. A viagem, tão sonhada e, por um ou outro motivo, sempre adiada, não poderia ficar de fora da história deles. Mas ela impõe uma condição: camas separadas.

É o fim. Também estou cansado de tentar. Concordo. Estamos esgotados. É triste, muito triste, mas já choramos tanto... Chega um momento em que sequer as lágrimas se sustentam. Mas ela chora ainda mais. E seu pranto o deixa com saudade do que ficou para trás. Do que, para sempre, ficará para depois. Para nunca mais. É então que ele faz um último convite.

A constatação de que todo fim é um começo: e a tragédia de que todo começo morre em fim.

INSTAGRAM

Você aprende as figuras de linguagem e pensamento. Você é o típico aluno mediano em redação. Não se destaca. Não morre de amores por escrever. Você é melhor com os números.

Mas essa aula o captura, sobretudo por causa das figuras de pensamento. Você vive uma porção de conflitos, e talvez por isso a sua preferida seja o paradoxo: é possível resolver o conflito em uma frase, poucas palavras. Dá-se um jeito.

A lição de casa é escrever um poema utilizando figuras de linguagem e pensamento. Quando você começa a escrever, sente que sairá algo bom. Ou, pelo menos, intenso. Você não está acostumado com essa sensação quando escreve – sua impressão, normalmente, é que a linguagem perde para o pensamento. Mas dessa vez linguagem e pensamento se encontram.

Você me cantou sua história uma vez
E eu nunca mais me esqueci
O tempo dobrou, parou, zerou quando te ouvi
E outra história se fez

Outra vez, eu te contei minha canção
E você sorriu ela para mim
Os compassos libertaram para a prisão
Da janela do nosso jardim

Da última vez, você soprou notas para o céu
E eu levitei com os pés no chão
Nossa canção se repartiu, multiplicou
E da terra uma estrela brotou

A professora se rasga em elogios. Seu poema vai para o mural da escola. Seu pai já o considera poeta. Sua mãe fica muito orgulhosa.

Você não sabe para quem escreve o poema. Muitas garotas o atraem. De vez em quando você pensa estar apaixonado, mas a verdade é que você quer todas.

"Olha só... o Barraca é poeta!"

FACEBOOK

O mais estranho em qualquer relacionamento que termina é a ruptura brusca da rotina compartilhada. O último dvd comprado que não deu tempo de assistir, a tão sonhada e sempre adiada viagem, a passagem brusca da familiaridade ao estranhamento. Trata-se, portanto, de uma passagem brusca para o mesmo, agora tão diferente. Talvez decorra disso o trauma: a constatação de que a dor que tanto fustiga sempre esteve ali. E de que a vida, essa passagem para o mesmo, possui um significado que repetimos só depois.

E ENTÃO, meu?

Vestindo camisa xadrez, sem avental branco com logo de hospital ou de universidade, um homem se aproximou de mim. Eu estava com a atenção em dona Greta, do leito 7, que perguntava aos berros se a filha tinha lembrado de trazer o seu colírio, que desse jeito iria ficar cega, pois a filha não sabia cuidar dela, mas o homem, à espera de que eu falasse alguma coisa, não arredava pé.

Fui parar na UTI sem entender o motivo. Na noite anterior, tinha bebido na rua até apagar enquanto dirigia. Por sorte, o pneu do carro furou e eu encostei. Também por sorte passavam duas moças que conseguiram pegar meu celular a tempo. Só fui acordar no meio da tomografia.

Um pouco depois, no ambulatório do pronto-socorro, pensei que tudo tivesse acabado. Eu estava bom, podia voltar para casa. Mas Beatriz veio com um papo de que eu precisava ficar em observação na UTI. Esbocei uma

NO INSTANTE DO CÉU 123

pequena revolta, facilmente controlada com uma dose de Haldol que a enfermeira, simpática, aplicou na minha bunda.

E?

O cara deu uma risadinha, entre a ironia e a compaixão. Acho que adolesci, eu disse. Ele desviou o olhar, fez um leve movimento com a cabeça e respondeu: Não, meu, você meninou... O efeito do Haldol começava a passar e eu só queria voltar para casa. O homem ainda estava lá no horário das visitas e Beatriz entrou. Ele disse: Seu marido tem dificuldade para pedir ajuda, não? Beatriz assentiu, impressionada com a rapidez e a precisão do diagnóstico.

Ele disse que deixaria minha alta assinada, mas que provavelmente a equipe do hospital quisesse me observar até o dia seguinte. Eu já não tinha forças para resistir e pensei que o melhor era ficar quieto. Eles saíram, e uma enfermeira colocou uma sonda na minha uretra, um pesadelo que durou até o outro dia, a sensação de que a mijada não terminava nunca, um alívio às avessas.

Acordei com o carinho que Beatriz me fazia nos cabelos. Tive a impressão de que ela velava um morto, era como se fosse uma despedida. Mas Bia chegou para me levar de volta, e há tempos eu não experimentava tanto prazer com a sua presença. Esse evento pôs fim ao afastamento que, semanas antes, havíamos acordado.

WHATSAPP

Para
+55 11 09210-8427

Oi, Iolanda, já chegou em casa? Tava aqui lembrando da primeira vez q a gente se viu. Eu saí c/ a impressão de q seríamos amigos. Nos vimos de novo, meses depois, numa semana horrível p mim. Não te contei, mas naquele dia levantei da cama praticamente na hora do nosso jantar. Td tava mto difícil. Enfim. Nosso encontro foi mto gostoso. Mas no caminho de volta p casa comecei a sentir uma angústia insuportável. Qdo cheguei, precisei chamar minha mãe, pq não tava aguentando. Me acalmei um pouco e dormi. Poucos dias depois te escrevi dizendo que queria te conhecer melhor. Ainda não tava na hora, né? Mas vez ou outra me lembrava de vc e vinha a vontade de te encontrar. Td isso p dizer q gostei demais do nosso encontro hj. Senti uma coisa diferente, mas não senti abertura p te dizer ou demonstrar isso. Enfim, se não houver a menor possibilidade p algo a mais, vou gostar mto de ser seu amigo. Mas quero q saiba q te acho uma pessoa especial. Boa noite. Bjo.

Você se lembra de uma manhã em que sua mãe pede para você ir ao quarto dela. Ela está sentada na cama. Chora. Você se assusta. Num gesto carinhoso, ela estende as mãos convidando-o a sentar-se com ela, e chora mais forte antes de fazer o anúncio.

Seu pai vai sair de casa.

Você tem sete anos e pensa que não conseguirá ir à escola. Você sente um aperto no peito como se estivesse sendo assaltado. Chegando à escola, você sabe que precisa agir. Seu pai vai sair de casa. Até a linha amarela, só até a linha amarela, você pensa, cabeça baixa, olhos fixos na quadra. Deixa para trás a mãe, a auxiliar de ensino, o segurança e o pai, que ficou no carro, o motor ligado, a família cheirando a pasta de dente de depois do almoço, o noticiário esportivo ainda fresco na memória. Você não compreende o que sente. Sabe apenas que é ruim.

Você cruza a linha amarela, a primeira marcação da quadra após o portão da escola, e promete que agora vai só até a azul sem olhar para trás. A promessa, no entanto, sai fraca e, quando você vira seu corpo franzino de sete anos, já tomou impulso para sair em disparada, avançar com força para o lugar de onde veio.

Daí você se desvencilha da auxiliar de ensino, vê o corpo de sua mãe prestes a entrar no carro, seu pai ao volante, o motor ligado e, súbito, as mãos ásperas do segurança o contêm. Você assiste à cena e sente pena.

Você chora porque não consegue desatar-se desse nó de sete anos que irá sempre puxá-lo de volta, que não o deixará cruzar a linha azul, a vermelha, a segunda linha amarela, a linha de fundo.

Tudo o que você consegue é correr de volta para a entrada, para o começo, refazer o primeiro caminho: você chora porque renasce. Então, os ponteiros cumprem às avessas o seu curso, e uma vez mais você, menino, corre com força de volta, funde-se consigo mesmo, morre mais um pouco de novo.

FACEBOOK

Quando eu era pequeno, meus pais trabalhavam em "con-sultólio". Quantas vezes telefonava - desde pequeno, sabia todos os números de cor -, e a secretária: "Ele/Ela está atendendo". Quem trabalha em consultório chega tarde em casa. Quem trabalha em consultório, via de regra, trabalha para fazer o bem. Quando eu era pequeno, próximo à casa de campo, em meio a um punhado de pedras, encontrei meu "consultólio", onde eu experimentava ser pai e mãe. As pedras eram cadeiras, mesa, maca, divã. Lá, sozinho, eu fazia o bem. Muito mais tarde eu descobriria que também se pode cuidar em sala de aula, e diante da tela em branco do computador, e nas infinitas possibilidades contidas no braço de um violão, e nos limites infinitos de uma fotografia. Descobriria, ainda, que só cuida quem sofre. Mas não somos infalíveis e, mesmo à revelia, o cuidador pode falhar. Pode demandar cuidado - daquele de quem cuidou - de formas muito precárias. Pode fazer sofrer. Às vezes temos sorte e somos compreendidos.

NO INSTANTE DO CÉU 129

Mas infelizmente essa não é a regra, e aquele que não é compreendido também passa a não compreender. Com realizações e frustrações, eu, que já aos dois anos, debruçado na janela à espera de que meus pais voltassem, não compreendia por que eles saíam de casa para trabalhar, eu, que desde pequeno já sabia o que era estranhar, nunca sofri tanto por meus estranhamentos. Nunca fui tão julgado. Nunca depositário de tanta merda, a ponto de quase esquecer que também faço o bem. Que, criança, fui agraciado por tantas ilusões. Que a saudade dos meus pais se transformou em amor incondicional pela tia Sebá. Que retaliação é um recurso de que só lança mão quem não teve a chance de viver nada disso. E que há feridas que nem o "consultólio" dá conta de curar.

Não estava me sentindo bem e não fui dar aula. Combinei com Beatriz de irmos lanchar, nós três, no shopping. Nosso filho escolheu o América, mas eu queria o Outback. Beatriz estranhou minha insistência, mas, embora contrariada, concordou com a escolha. Ficamos na espera e eu comecei a tomar cerveja. Bia, que já não estava satisfeita, começou a me reprovar explicitamente; ela intuiu que, se eu bebesse, poderia perder o controle. E, de fato, o clima azedou.

Debandamos do restaurante, sequer paguei as cervejas, e, enquanto caminhávamos para o estacionamento, comecei a xingá-la, tentando cuidar para o nosso filho não ouvir. No carro, nem esse cuidado eu tive; continuei com os insultos, agora aos berros. Entramos em casa a pretexto de ela pegar roupa para eles dois dormirem fora, o que me deixou ainda mais irritado.

Como eu gritava muito, Beatriz se trancou no quarto com o nosso filho. Eu me lembrei do seu segredo e senti um misto de compaixão e ódio. Após alguns minutos, percebendo que eu estava quieto, ela deixou a casa como se tirasse o nosso filho de um incêndio. Antes de sair, ela ainda me olhou com pena.

Fiquei queimando em minhas próprias labaredas e, tão logo Beatriz bateu a porta, peguei o celular e comecei a disparar uma série de áudios. Escuta, sua filha da puta, pega esse seu segredinho de merda e enfia no teu cu! Não joga pra cima de mim um peso que não me pertence, sua vaca! Vaca, vaca, vaca!

Atirei o celular longe e, estirado na sala, tomei três comprimidos de ansiolítico. Com o rosto colado ao chão, meu corpo ardia na sala de casa, tombada, à iminência de despencar. Eu ainda não sabia que caminho sem volta é caminho sem destino. Onde estou agora? Ouvi meus pais me chamando da porta. Não consegui responder. Apaguei.

Você recua ainda mais no tempo - sequer ia para a escola. Sua mãe grita na janela de casa. Seu pai acaba de sair para o trabalho. Sua mãe urra para ele ficar. As mãos ásperas de tia Sebá a contêm. Você sente um buraco no estômago; está com medo, muito medo, só não sabe que é este o nome.

Aos prantos, sua mãe diz que seu pai não a ama mais. O buraco em seu estômago aumenta. Tia Sebá fala repetidamente para ela se acalmar. Um filme em que seu pai está fora de quadro, sua mãe e tia Sebá estão em cena e você é o único espectador. Dessa vez, não há auxiliar de ensino, coordenadora, segurança. Seu pai não está esperando no carro. É como se a cena do futuro já tivesse acontecido e a cena a que você assiste agora fosse um desdobramento daquilo que ainda não houve.

Você descobre neste dia o que é ficar sozinho.

Seu pai não deixa a casa, mas isso tem prazo de validade, você sempre soube. Não fosse assim, sua missão fadada ao fracasso — manter inutilmente seus pais uni-

dos – não teria razão de ser. Fatalmente, as ideias obsessivas voltariam para casa: uma sucessão de equívocos marcaria sua adolescência.

Porque, muitos anos depois, chega o dia em que seu pai passa a noite no sofá da sala. Sua mãe, preocupada, se cala no quarto. Você não se intromete.

No dia seguinte, você e seu pai saem para conversar. Hesitante, ele começa: "O meu maior medo é de ter medo...". Então, olha para o nada e dispara: "Filho, eu vou sair de casa". Seu pai vai sair de casa – a frase de mais de dez anos. O trauma pelo qual você sofre desde a infância.

Vocês conversam muito. Durante a manhã, seu pai repassa toda uma vida. Fracassos são postos à mesa. Você cumpre impecavelmente o papel de interlocutor. Não é mais filho da sua mãe nem do seu pai. Você é um amigo, um confidente.

À tarde, já em casa, você vê sua mãe com o rosto carregado de maquiagem, derradeira tentativa de atrair o marido. A cena é de partir o coração. Ela está ciente da intenção do seu pai, mas não sabe que ele já se decidiu – ou tenta se enganar mais um pouco.

De todo modo, a confirmação de que é definitivo é comunicada antes a você. Provavelmente seu pai tenha pensado primeiro na cria, ainda que ao longo da conversa, paradoxalmente, ele o tenha deslocado à condição de amigo. Você é um guardião de segredos.

FACEBOOK

Eu já gostava de Chico Buarque antes de saber que gostava. Eu já gostava de Chico Buarque quando, aos 9 anos, na aula de música, fui o único aluno que conseguiu cantar "Vai passar", enquanto a professora acompanhava ao piano, incrédula e orgulhosa. Ou quando, na adolescência, mobilizei a família para ir a um show dele. Anos depois, comecei a desconfiar de que gostava muito de Chico Buarque. E hoje, saindo do show do último disco, eu soube que, sem saber, já gostava da obra de Chico Buarque com o amor que um dia alguém deixou a um você. O Edu, que na barriga da mãe esteve comigo em um show do Chico, talvez já soubesse antes de nascer o quanto eu gostava de Chico Buarque. Eu pensei muito no meu filho, hoje, durante o show. Eu pensei no adolescente sofrido ouvindo "Vai passar". Eu pensei em muitas coisas, e, apesar de, saí abraçado a Iolanda cheio de esperança.

ESCREVI para Beatriz no WhatsApp:

Bia, queria tanto falar c/ vc. Queria pedir descul-
pas. Queria ouvir seus motivos, contar os meus.
Eu sinto mto por seu segredo, sinto mto se eu
não soube cuidar ele. Queria q soubesse q minha intenção foi te proteger. Sempre. Sinto pela
filha q não tivemos. Tenho sdds. Vou tomar todos
os comprimidos que tiver aqui. Vou mandar um
whatsapp pro pequeno, me despedindo. Ajuda ele
a entender, me ajuda. Quero cuidar do seu segredo
como quem cuida de um filho.

Enviei mensagem de áudio:

Beatriz, que porra é essa? Fala comigo, merda!
Quero ver meu filho! Filha da puta, morra com
esse seu segredo de merda!

Respondi ao e-mail mais bizarro que já recebi na vida:

Como assim foram para Recife? O contato com meu filho será por Skype e nas férias? Você me transformou em um pai sem filho? Você enlouqueceu?

Enviei ainda outras mensagens, mas seu celular já tinha outro código de área.

Um dia, na infância, você vai à distante periferia em que tia Sebá mora. É véspera de Natal. Você ganha dela um helicóptero de plástico. Ela entrega o presente, desculpando-se por sua simplicidade. Você ganha o presente, culpando-se por ela ter se desculpado.

Esse dia é emblema de que, desde cedo, você se dá conta da cisão que se interpõe entre as suas realidades. Mas isso é muito estranho, porque tia Sebá é parte essencial da sua realidade. O coração da sua casa.

E no entanto, como sempre, chegará o dia em que a separação triunfará. Sua realidade para um lado, a dela para o outro.

Mas, afinal de contas, quem nunca quis de volta a casa da infância? A cama sempre feita, o assobio da vizinha, a vendedora de Yakult, a buzina do sorveteiro, o barulho do caminhão de gás, certo alheamento a tudo isso, e, sobretudo, a certeza de encontrar a tia Sebá no dia seguinte...

WHATSAPP

Para
+ 55 11 90210-8427

Oi, Landa, ouvi mais uma vez a música que vc enviou. Gosto dessa tristeza sambada. Tristeza p frente. Lembro da minha infância na casa de campo, do cheiro de madeira molhada, da taça de plástico na mão e a vontade incontida de aprisionar formigas. Que eu logo soltava p poder pegar outras. E outras. E outras. Eu tenho saudade. Justo agora, que me sinto indo adiante. Qdo chegar em Recife te escrevo de novo. Mtos bjs.

TAMBÉM há um ônus em não precisar pedir autorização, a liberdade custa caro, você pensa, enquanto tenta descobrir o tempo que está aqui, diante do espelho, repassando uma fase em que já não se é mais, mas não se é ainda. Há quem diga que a adolescência é um hiato, quem sabe o congelamento do instante, uma fotografia que condensa todas as outras, e existe enquanto forma, uma fôrma, existe para dentro. O que você se tornou afinal, Barraca? Com a mesma resignação da pergunta, você responde: "Não sei". De onde conta essa história? Impotente, você procura a resposta no espelho. E não existe imagem do presente. É então que a partir de algum lugar – você não sabe qual – tia Sebá surge refletida. Você se espanta, e fixa o olhar nela, apenas nela e no que ela tem a dizer. Como se tivesse assistido ao que ainda será, tia Sebá conta a história para você. Ato contínuo, você percebe que o espelho não o reflete mais. Pela palavra de tia Sebá, é a continuidade do texto que *você contempla. A boca desdentada dela dá à luz um céu cravejado de estrelas.*

FACEBOOK

Oi, filho, acordei agora de um sonho e queria dizer algumas coisas a você. Como não posso, vou escrever aqui mesmo. Sonhei que você ganharia uma irmã. Você ficava muito contente, todos ficavam. Mas eu entendia que, por outro lado, você pudesse estar um pouco triste, porque, melhor do que ninguém, vocês, crianças, sabem bem que ganhar é perder. Acontece que eu também ficava um pouco triste. Sua irmã, no sonho, era uma criança muito desejada que estava chegando, e isso me deixava feliz. Mas se você perderia o posto de filho único, eu também deixaria de ser só o pai do Eduardo. Quero dizer que, ao pensar nisso no sonho, eu me dei conta de que não seríamos mais nós dois apenas, e isso foi doloroso. Você não consegue entender ainda a importância que tem – e sempre terá – para mim. Uma vez meu pai me disse que eu nunca tinha superado a separação entre minha mãe e ele, eu que sempre tentei – com tanto amor (o amor que recebi deles) – reuni-los. Mas ele estava errado. E desco-

NO INSTANTE DO CÉU 145

brir que o pai está errado é um dos maiores golpes dessa vida. Você, tão novo, já levou esse golpe, eu sei. O que tanto me fez (e me faz) sofrer com a separação dos meus pais não foi propriamente o que eles se tornaram depois; foi o que eles já eram antes e esconderam de mim (e provavelmente deles também). Se procuramos reparar os erros dos pais (e meus pais procuraram isso em relação aos pais deles, não tenho dúvida), eu te escondo esta carta aberta não para que você a descubra após uma situação traumática, mas porque escrevê-la é contar uma verdade que você, sem suspeitar, me revelou. E que eu, reservado até certo ponto, compartilho, com todo o amor que sinto por você, neste lugar publicamente estranho, onde todos são amigos mas quase nunca se sentem. Não quero ser seu amigo, filho, quero ser seu pai. E, como pai, acordei com vontade de dizer que sinto muita saudade da gente. Até amanhã.

Viro de um só gole todas as cervejas que tenho em casa para criar coragem. Funciona. Engulo dezenas de comprimidos. Não quero mais pensar em nada. Sinto um formigamento nas pernas que, súbito, sobe até a cabeça.

Uma senhora me estende a mão, que cheira a alho e sabão de coco. Onde estou? Ela não responde, mas franze a testa e balança a cabeça, e eu compreendo que não importa onde estamos. Você tem que voltar, filho, ela diz, e me dá as costas, indo passar um café.

Acordo com o despertador do celular. Abro o whatsapp à procura de novas notificações, e não há nada. Releio, então, uma mensagem enviada por Iolanda dias atrás:

É. Acordei e vi vc aqui. Não acredito q tinha tara por formigas tbm. Eu era apaixonada por elas. Ficava horas observando aquele corre-corre que não se afetava nem um pouco com minha presença ali.

Um mundo à parte! Seria eu um deus de tão grande para elas? Era na fazenda que eu observava as formigas. Colhia hortelã da horta para fazer chá à tarde. Chá de menta com bolacha água e sal e maionese. Meu lanche preferido. Tbm aprendi ali os prazeres das frutas colhidas no pé. Ivanilde, uma moça pernambucana linda q ajudava minha mãe a cuidar de mim, subia no pé de goiaba e eu ficava mordendo todas as frutas q caíam no chão. O sotaque de Ivanilde era lindo, e ela, um amor, me ensinou muito de afeto, aquela danada, e eu nunca mais a vi. É. Eu tenho saudades tbm. Daquele deslumbramento diante da vida, um encantamento com o mistério q, aos 4 anos, eu achava ter solução qdo eu crescesse. Nada. Que bom q corre o rio. E eu aqui posso dividir saudades, hoje, num dia frio. É. E vc vai pra Recife, terra de Ivanilde, encontrar seu filho, puro afeto. Vá. Vá. Vá. Já posso ver vc super dando conta de cuidar dele, do seu jeito. Porque há muitas formas de cuidar. A Ivanilde cuidou tanto de mim pegando goiaba no pé da árvore. E vc vai cuidar e ensinar afeto pro seu pequeno. Vá! Com fé e amor e força q há aí dentro, onde ainda habita o menino q aprisionava formigas na casa de campo e se sentia mais forte do q qqr coisa diante das pequenas atômicas, mesmo q fosse por um segundo: super-herói. Acho q nunca te disse isso, mas qto mais me aproximo do seu "É" te acho mais bonito tbm. Acho q no seu olho tímido vejo o menino, o encantado menino. Machado dizia que o menino habitava o homem. É pra mim aí q estão os homens mais lindos, aqueles que guardam esse menino. Tímido, forte, super-herói de formigas. É. Te desejo uma linda viagem. Estou na torcida. Aqui. É. Bjo.

Percebendo minha movimentação, Iolanda vem até mim e pergunta se quero café. Antes que eu consiga responder, ela retoma a conversa da noite anterior. Quando consigo prestar atenção, ela está dizendo algo como "o fato de que tudo o que estamos vivendo, ou que sequer começamos a viver, já acabou, não é mais...".

Mas eu mal despertei e, ainda por cima, minha cabeça está tomada pela mensagem que acabei de reler. Então, como se participássemos de conversas diferentes, eu digo: Aquele whatsapp que você enviou enquanto eu viajava para Recife é uma das coisas mais bonitas que eu já li.

Surpresa com o comentário e sorrindo com ternura, ela responde: Nossa... Como eu fico feliz. É uma das coisas mais bonitas que, com muita verdade, saíram de mim.

Retribuo o sorriso. Sim, quero café. E também digo que o texto, em que venho trabalhando, sobre a adolescência não será um romance. Fracassei de novo. Ato contínuo penso em minha defesa, como quem descobre um bom aforismo, que cada narrativa reivindica o seu tempo, não o contrário. Mas guardo o pensamento para mim.

Iolanda volta com a xícara fumegante e diz que eu deveria transformar em ficção a minha história com Beatriz: Ali você tem um romance.

Não sei o que pensar. Dou o primeiro gole e, instintivamente, pergunto: Nesse caso, eu poderia incluir no livro o whatsapp que você me enviou?

Pode, claro. Ele é seu, porque é para você.

Agora consigo retomar a conversa que tivemos na noite passada.

No instante do céu, eu digo.

O quê?

Bebo um pouco mais do café, e finalmente sei que amar é ser testemunha de uma solidão.

Esta obra foi composta em Aldus e Akkurat e
impressa em papel pólen bold 90 g/m² para
a Editora Reformatório, em outubro de 2020.